狩猎者

陶发美 著

长江出版传媒
长江文艺出版社

目　录

第三辑

第四辑

第五辑

第六辑

第七辑

第八辑

第九辑

第十辑

第十一辑

第十二辑

自序（一）

突然，你们丢掉了旗帜，
而改用了锋刃。
纷乱中，我逃进了洞穴——
忽见一轮古老的日出。

自序（二）

我时常在想：猎人 C 是谁?

他或是一个多余的人，一个可有可无的人。

但面对他的侵入和占领，面对他的强大，

——我则过于随从和弱小。

第一辑

他说，谁能有什么魔幻之术呢?
天堂和地狱之能互为翻转
可是随了自然的钟声

他是谁

他是谁?
我尝试着在银色的泉流中辨出他的声音
我也尝试着——在一片恢弘的夕照里
领略他的回想、沉思、足迹和气度
我还尝试着，在遍布弓弩的山野
会晤他的智慧、胆魄
以及他那
——辽远而广阔的思想

光芒的籽粒

要领悟他的高贵么
那就去仰望昆仑山上的旭日
——就去体会那光芒与雪的亲和
光芒不会融掉
雪啊，乃是光芒的籽粒！

他从天上来

他从天上来
却拥有一座地下洞穴
仿佛世界的一个窗口
他一个人从内往外看，而人类
从外往内看
他看到了人类的窘迫和不安
而人类看到了——
一面墙上
有着众多的
酷似他的
——自由影像

一道幽色墙体

他被一些有灵魂模样的人
猛一阵推搡着——在一道幽色墙体上[①]
激情地发表了失败者的宣言
从此，他的灵魂在墙体上下不来了
而成了一名昨天的演说者
从此，这个划时代的墙体
——成了自由者的墓碑
从此，一粒弱弱的萤光
——总在墓志里闪烁

① 作者在《萤魂》系列长诗第二部《时间涟漪》中，多次写到了“幽色墙体”。

魔幻之术

他的魔幻之术非同凡响
他吸一口气，竟然把天堂倒扣为地狱
再吸一口气
——又把地狱举起为天堂
他说，谁能有什么魔幻之术呢？
天堂和地狱之能互为翻转
可是随了自然的钟声

他也是战争的儿子

昨夜
我刚好读过他雄伟的诗歌
或在马背或在边关或在堑壕或在星夜
他的豪情在每一枚箭镞上发出啸声
不要惊诧，别无选择
他也是战争的儿子
他的每一声呼哨
都在还原一个民族
——最初的胎音

在寒夜的窗口

在寒夜的窗口，他点亮了一支红烛
若说他的红烛是一粒种子
那么，我们就属于他
——天空就属于他
一切黑暗和光明之甬道就属于他
葡萄园之葱郁和芳香就属于他
甚至，所有漂泊的灵魂就属于他
还有，那么多神通广大的魅影
也就是他的及物

他躺在森林里

他躺在森林里，仰望天空
蓝色天空变成了他向往的蓝色海洋
一片片白云变成了一个个漂浮的仙岛
所有的飞鸟变成了飞鱼
无数树叶变成了无数游动的水母
他啊，化身为一条金枪鱼
在绿色的波光里畅游
他确实看到了一种新鲜而奇特的景象
——钻进网里的鱼类
全都发出了哼哼、哈哈的
——人类之声

他的进行曲也是听过的

他的进行曲也是听过的
你们唱吧，唱吧！
人类唱吧！鸟类唱吧
山川唱吧！江河唱吧！
天地唱吧！
他什么也不知道，什么也不知道
千古风流
大江东去
他倒在了城垣下
他自己创造的旋律吞没了他
漫漫寂夜，他的呼吸微弱得如一粒灯火
不能识别
——不能识别

橡树下

嚄，他失去了荣耀！
他的罪行是确定的
他戴着枷锁，来到了橡树下
谁说的：要忏悔就去橡树下吧！
谁说的：到了橡树下，该流泪就只管流吧
谁说的：到了橡树下，除了陈述今生
还可以描述来世
谁说的：到了橡树下，就可以
用诗一般的言辞作为自己的辩词……
他呀，真是陶醉了
他错把最后的审判台
当作了一棵橡树

第二辑

他言之凿凿地说——
一定要去灰烬里见证啊
——灰烬里还有不死的行列
还有玫瑰色的鼾音

他叫什么

他叫什么？
哦，他的名字已掩于苍茫
他是猎人，我在他的宗谱里看到了一个字母C
——不妨就叫他猎人C吧！
猎人C确切地说过：一切生命
皆是——他燃的结果
火啊，生命的元素、绽放的花朵
燃烧吧，升腾的玫瑰、鲜亮的云层
但水必须渗进，水流潺潺，担负着美妙的平衡
水与火有着相容的哲学
二者寂灭之境
也是万物重生之境

灵魂的泪珠

猎人C是一位无名的哲学家
但他的“五行说”流传甚广
土是生命的依凭
木表达了生机状态
水与火，我们夸大了它们的对峙
它们互相倚靠着，互相说着鼓励的话语
——让世界成为世界
让生命成为生命
让人得以站立
金呢？
——金者，心也！
——心者，金也！
金不归物
金不归俗
金，即虚无
金在天空上舞蹈
金啊
——乃灵魂的泪珠

天空飞来一只神鸟

天空飞来一只神鸟
它的羽翼光辉灿烂
它的鸣叫慑动人寰
——不要去抓土地，要去抓天空
土地会撤销我们的存在
但天空不会
没有天空，亡魂将向何处？
土地只为肉身归葬
亡魂不会失去高远
——亡魂仍在飞翔
（猎人 C 弯弓搭箭
但只是绕着神鸟旋转
神鸟，也只是绕着他盘旋
神鸟终归去
猎人 C 早已泪光闪闪）

他埋头于神龛之上

此刻
猎人 C 埋头于神龛之上
他要等着青色的雷声响起
要等着朝霞擦亮云翳
要等着落叶模拟鸽子的回归
要等着神木燃起火焰
他要一千遍一万遍地聆听
凤凰死去的哀泣
——和重生的和鸣

灰烬的见证

冥冥之中，猎人 C 究问过我
你是不是对灰烬不屑一顾呢？
是不是厌恶至极，而愤懑地践踏过灰烬呢？
他言之凿凿地说——
一定要去灰烬里见证啊
——灰烬里还有不死的行列
还有玫瑰色的鼾音

最好的上帝

黑夜，已展开了追击的罗网
猎人 C 的逃亡徒劳无益
他不得不在山峦间跳跃
他不解其故，为何每一次在坠地的一刻　又弹了起来
又为何，同样的噩梦总是重复地发生
他不满意，谁家的上帝慵懒地倚靠在圣殿里
既听不见他惊厥的心跳　也看不见他面临的深壑
他以为，最好的上帝
不只是披着幽色的斗篷　而应有
一千只光芒的臂膀
以托举起
——温煦的黎明

一把硕大的青布伞不见了

远行的第一天
急雨中，母亲递给小猎人 C 一把硕大的青布伞
青布伞上，电闪雷鸣
青布伞下，他在青石路上跑着下山的惯性太大了
结果是青布伞跌断了筋骨
他也摔得鼻青脸肿
后来，从一条古老的陋巷里飘然而来的
——也是一把硕大的青布伞
青布伞上，正午的阳光像一条倦怠的狼狗
青布伞下，踯躅而行的是一个优雅的女人
再后来的后来，一个事件让他百思不得其解
一把硕大的青布伞不见了
一个优雅的女人怎么也不见了
一个诗人的殿堂
怎么
——也就不见了？

亏欠赋

他有过喃喃发声
生命啊——
你赚取了什么?
哦，生命就是亏欠
不仅亏欠父母
——也亏欠乾坤
不仅亏欠善本
——也亏欠良心
不仅亏欠大块
——也亏欠阳春
不仅亏欠龙蛇
——也亏欠宝贝
不仅亏欠石子
——也亏欠火星
不仅亏欠迹象
——也亏欠天真
不亏欠字书
——也亏欠经典
不仅亏欠过去
——也亏欠未知
……

……

不仅亏欠菩提

——也亏欠沙粒

……

……

还有亏欠

不知其数

不知其数呢！

第三辑

沙粒们色彩斑斓、绚丽无比
沙粒们弥漫于天空
猎人 C 说过，不要试图从我们的脚后跟处
——抛弃那些追随你的沙粒

沙粒们色彩斑斓

在一片五彩云里
猎人 C 的号角
吹向了沙粒——

沙粒们色彩斑斓、绚丽无比
沙粒们弥漫于天空
猎人 C 说过，不要试图
从我们的脚后跟处
——抛弃那些追随你的沙粒
要学着森林一样
放下苍莽的自负，去聆听一茎一脉的声息
要学着大海一样
不因浩瀚，而小视每一朵浪花
亡命的浪花，就像天国无邪的蝶影
哦，沙粒们，可记得你们曾有的领地?
哦，可爱的沙粒们!
没心没肺的沙粒们!
垫不了脚、抬不到肩
树不起碑、登不上神位的沙粒们
在猎人 C 的号角中
——恣肆而飞

一片灰色的羽毛毫不起眼

一片灰色的羽毛毫不起眼
一个小男孩将它抛起，又接住它
再抛起，再接住它……
突然，小男孩问猎人 C——
“这是哪一只小鸟的羽毛?”
猎人 C 不知所措地回应着
“哪一只小鸟？……哪一只小鸟?”
当然，他给不了小男孩一个美好的答案
但他在心里说着另外的话
——一定有一只小鸟在天上纳闷着
它的飞行状态怎地大不如前
或者，它不在意自己掉了一片羽毛
或者，它根本就不知道——
它的羽毛还会一片一片地继续掉落
直至它整个落地摔死
小男孩并没有等待答案
也不再追问
——他一刻也没能闲着
还是不断地将那一片灰色的羽毛抛起
——又不断地接住它

他们灵魂的样子

猎人 C 的故乡
总是笼罩在一片氤氲中
年轻的父亲和母亲
在其中走动，他们
不再扛起锄头，不再背起犁铧
不再在星月下忙碌
他们不时搓手，不时微笑，不时远望
他们的衣裳陈旧而干净
他们每天重复的行动，就是从老屋里出来
沿着一条堆满瓦砾的小巷
往村外慢悠悠地走一程
再走一程
然后又慢悠悠地折返
那种闲适而祥和的样子——该是他们灵魂的样子
不是有时光之车吗？
可是猎人 C 说，时光之车载不走父亲和母亲
他们永远年轻着，他们的灵魂永远年轻着
他们，就像一片黄叶上的月光
——一直飘动在故乡

丛林奇迹的复制

猎人 C 期待过
有一种丛林奇迹能复制他的生命
——趁着年青，连带心灵
头颅和一具活着的肌体
——趁着风云际会
——趁着生死攸关
——趁着绝望之来临
当然，定要复制健康、爱情、喜悦、歌唱
而切莫复制思想、信念、弓弩和盾牌
也无须复制上帝和鹰犬
到一万年后、十万年后、百万年后
甚或千万年后、亿万年后
还是一个真实的猎人 C
还能一样地发出
——未来者的声音

亲爱的人类穿上了奇异的铠甲

猎人 C 看见了
亲爱的人类穿上了奇异的铠甲
他们伺机而立，完全以一种天人的姿态
从一片片丰饶的地域
从一片片蓝色的边际
从恐龙们的脚窝里
从狮子们的眼神里
——击退了月光　击退了雨林
击退了仙人掌　击退了远古的露滴
——和牧童的笛声

月亮白

地球，一只硕大的陀螺
能抽打它的，一定其乐无穷，无上荣光
一个从青铜器里走出来的斗士
洋洋自得，第一个举起了圣鞭
……
他呀，也因此成了第一个
被月光曲绞杀的男人
这个斗士，这个男人的嘴角流出的血
竟然一片月亮白
他静静地睡了，梦中
他看见了一些硕大的脚印
一些硕大的脚印毫无来由地踩压着他
他几次试图站起来，可是
一些硕大的脚印踩压住了他的胸口
他不断地勾动脚尖进行反抗
（勾动脚尖，成了他唯一的可以传达的宇宙方言）
一片月亮白——完全演变成了一种魔幻之力
一片月亮白——变得异常残忍
简直立马就要断了他的呼吸
他必须等待
必须等待爱人的鼻息飘过来

可是，香香的、甜甜的爱人的鼻息
——并没有飘过来

猎人 C 的面具

月亮湖里，野百合盛开
猎人 C 依稀看到
——无数个自己的叠像
在粼粼波光中前呼后拥
他徒然地想着，要给每一个叠像起一个名字
起一个独特而响亮的名字
可是，他们表情异样，有些慌张
像一群谎言的制造者
沿着一条狭长的甬道，向着远古遁逃
而当他们一起返回的时候
全体都戴上了一副
——猎人 C 的面具

第四辑

伟大的太阳神——这天地间唯一的酒神
他的豪举和正义
——超出了我们的想象
他会斟满每一个生命的
——酒杯

栗色的倒影

这是个难得的好天气
猎人C不要往高处看，只要往眼前的山塘里看
就能看见山色青郁、树影婆娑、白云缥缈
刚好，太阳吻过翡翠一样的水面
也幸好，山塘边的树上没有可以猎杀的野鸭子
此刻是幸福的，他很乐意看见自己栗色的倒影
猎人C的号角深情依依
在无数细密而鲜亮的波光中
他看见了自己扑通、扑通
——不断翻着筋斗的样子

铁　祭

拂晓时分，猎人 C 的耳际
再次传来了铁的声音
他以一声声低沉而凝重的号角
吹向了铁——

铁，从炼火中跃起
铁，开始触碰大地
进而，铁触碰了脚踝、骸骨、脏血和翅翼
再进而，铁在麦芒上舞蹈
再进而，铁开始触碰诗行，及至
触碰诗人的臂膀和头颅
再进而，铁摧折了旗帜，摧折了窗棂
摧折了烛光，摧折了道路
再后来的后来，在尘埃中
铁，轰然发出了
——摧折自己的誓言

霹雳雨骤然而至

霹雳雨骤然而至
猎人 C 丢开了斗笠，和他的猎狗一道
在雨林中奔跑
他并不是惧怕
他一会儿仰起头来，畅饮宇宙琼浆
一会儿像一个幽魂，携起闪电
将一支支箭
——射向苍茫

一个冬日的正午

一个冬日的正午
猎人 C 再次吹起了号角——

雪地上，一路雪豹的脚印像一路零落的梅花
他的猎狗狂吠着、飞驰着
像一道栗色的闪电
一路梅花飘进了一个洞穴
哦，洞穴！
又是洞穴！
他的洞穴
——回想的洞穴
——沉思的洞穴
——真理的洞穴
——宇宙的洞穴
——雪的洞穴
——梅花的洞穴
——一个不可留下任何血渍的洞穴！
猎人 C 不得不离开了
他的猎狗快快地尾随其后
——像一个栗色的影子

猎人C的小木屋

该要说一说猎人C的小木屋了
一只神话里的栗色小舟
它一定载来了东边的蜜枣林，西边的山桃树
一定载来了屋后的青竹掩映、翠风摇荡
一定载来了墙下的紫色小花羞赧絮语
一定载来了他的命运和星座
那个门前的红土小禾场也一定是从天际载来的
还有啊，那栗色的闪电
那栗色的追杀，那栗色的祭念
那栗色的孤独，那栗色的河山……
那栗色的，那深厚栗色的
又隐隐地
——混合着一抹红光的日子
也全是
这一叶栗色的小舟载来的

猎人C的号角也是栗色的

猎人C的号角也是栗色的
有说，它是从久远的死人堆里被发现的
有说，仅是为了纪念家乡一片消失的栗子林
他特地买了一头长有栗色牛角的老公牛
更有传说，老公牛本有两只栗色的角
可是，有一只角取下后居然变成了土黄色
再后来，干脆化成一坨烟尘了……
也有说，没有那么多稀罕的故事
不过就是他家祖传一物，用的时间久了
自然就变成了栗色
——栗色，栗色
猎人C的命里所系呢！

向伟大的太阳神行礼吧

猎人 C 告诫人们
不要迟疑和羞涩
——向伟大的太阳神行礼吧！
只有太阳神才能赋予我们意志
也只有太阳神才有资格掳走我们的意志
哦，可怜的群氓同类！
要想得救么，要想在绝望里重生么
要想做个天行者么
要想领受万物的厚德么
要想重新获得
——自然、炽烈、雄峙、浩瀚而光辉的意志么
那就虔敬地行礼吧！
伟大的太阳神——这天地间唯一的酒神
他的豪举和正义
——超出了我们的想象
他会斟满每一个生命的
——酒杯

第五辑

他长大了，每看到一颗栗子
从一个带刺的果壳中掉落到地上
便觉得那就是整个宇宙掉落到地上
原来，宇宙也没什么稀奇的
——掉落的宇宙也是栗色的
而栗色之上
那个伟大的母体
——也是刺扰横生

太阳穿过栗子林时

太阳穿过栗子林时，一不小心
变成了一只栗色大猴
栗色，多么本真
栗色，映耀着自然
栗色有光，天空就有光
栗色有火焰，大地就有火焰
栗色，赋予枝叶生机
栗色，养育了参天的栗子树
栗色，是一个繁衍不息的大世界
一只栗色大猴生育过后，向着西天翻起了筋斗
可以说，栗子林里的每一次太阳之旅
都会迎来一次旺盛的生育，都会生出好多好多的栗色小猴
天长日久，猎人 C 觉得
——自己也是栗子林家族的一员
也是某次太阳之旅所生的
——一只栗色小猴
每当他奔跑起来，好像总有一种栗色的神性附体
他看见了，在一颗颗栗子靠近末端的领域
有一抹闪亮色的
——侵入和占领

他把这一抹侵入和占领的闪亮色
还当作了那只性情顽劣、戳破天不补的
——红屁股猴子

栗子雨哗哗落下

在栗子成熟的季节
猎人 C 常常一个人在栗子林里游逛
他会爬上一棵栗子树
坐在枝杈上，迎着风势猛地摇上几下栗枝
这时，就会有栗子雨哗哗落下
他想象过，栗子雨可以不为他下
他也可以不为自己捡栗子
栗子雨只为一个美丽的山姑下
他只为一个美丽的山姑捡栗子
不过，山姑的肤色一定要是栗色的
什么时候，栗色成了他心灵的无限景仰
只可惜，栗子雨哗哗落下的时节
——他没有长高
还是一个瘦弱而孤独的少年

掉落的宇宙也是栗色的

猎人 C 自记事起，栗子树就很高
但好像从没有再长高
栗子林很大，但好像再没有长大
他长大了，离开了栗子林
但无限乡思，还在栗子林里回转
他长大了，只要一想到少年时期
自己一个人在栗子林里捡栗子的情景
就觉得，远洋那边的哥伦布还活着
那个见利忘义的人依然还在用血腥淘洗黄金
他长大了，每看到一颗栗子
从一个带刺的果壳中掉落到地上
便觉得那就是整个宇宙掉落到地上
原来，宇宙也没什么稀奇的
——掉落的宇宙也是栗色的
而栗色之上
那个伟大的母体
——也是刺扰横生

我们不得不让自己变成了小圆

我们喜欢宇宙什么呢
哦，宇宙总能让人类想象
而人类最想寻找的，是宇宙的中心
猎人 C 说，宇宙哪有自己的中心
宇宙的中心在万物
以一棵小草、一个花蕊为圆心
都能画圆，都能画一个宇宙大圆
宇宙大圆，那是自由的大圆
我们在圆内
——劳作、做爱、打斗、流血、骂街
可是，在万物面前
我们并不是值得骄傲的种类
到底，也经不住大圆的歧视和压迫
我们不得不让自己变成了小圆
——小圆中的小圆

巨人的酒杯

多么羡慕荷马先生
他有一只巨人的酒杯
猎人 C 说，荷马的酒杯里是要倒满酒的
倒满什么酒呢？
——是苦难加上烈火呀！
能喝得下去这佳酿的
就能举得起这英雄的酒杯
这杯酒让你一脸霞光
这杯酒让你戴上了王冠
这杯酒让你对着太阳撒尿
这杯酒让你晃晃悠悠，不成人样
这杯酒让你成为死去的诗神
这杯酒，又让你站起来了
站成了一座山——一座苍黄的山
就是倒下了，也是一条河
一条翻滚着自己名字的
——滔滔大河

一个小男孩的指令

一条自高山而下的小溪
戛然中断了琴声
一个十岁模样的小男孩转过头来
一脸惊疑地看着一枚摇摆的棕榈叶
突然，他激愤地叫起来：“把它赶下来、赶下来！
一只蜗牛！
一只蜗牛！
一只蜗牛！
知道吗？”
他向着猎人C，更以命令的口气说
“你必须——把它赶下来
一只蜗牛！
一只爬行的蜗牛！
一只可恶的蜗牛！”
小男孩一脸正色，但他
没有立即去执行小男孩的指令
他朝着一片古老的街市看过去
那里熙熙攘攘，占道者很多
修道者极其少见
他同时看到了自己在时光里
那种矜持、愚钝
——郁郁寡欢的样子

猎人 C 的颂唱

远山
传来了猎人 C 的颂唱——

太阳哟，那个神兮
——光芒万丈
月亮哟，那个神兮
——相隔茫茫
太阳哟，那个神兮
——墨舞东床
月亮哟，那个神兮
——玉临西厢
太阳哟，那个神兮
——天地衷肠
月亮哟，那个神兮
——人物隆昌

第六辑

哦，黑夜之魔
早已预设了世界反面的用语
那些风，那些卑微的生物随时待命
它们很有耐力地
成为一个个隐秘世界的
——搬运者

伟大的名词

这一回，猎人 C 的号角
吹向了名词——

名词，拥有宇宙的奥秘和真相
名词，大自然的荣誉公民
名词，只有名词才能接受燧石的敬意
名词，只有名词才能接受皓月的圣礼
尽管还有烽火、镣铐、乞丐、皮鞭
遗骸、墓冢、蛛网、面具，还有沾满污垢的
专门用来堵塞嘴巴的毛巾
——挤占了名词的殿堂
但是，仍有生长着的烛光、晨曦、陶罐、柱石、拱门、穹顶
牧场、葡萄园、樱桃园、摇篮曲，以及隐蔽的火焰
名词们，一路经历了激流、险滩、雪域、高原、沼泽的考验
一路天空的音乐为它们奏起
哦，名词！
——哲学的栖息地
我们的第一家园

那些我们沾惹过的词语

猎人 C 说，想想吧
除了为着争斗而造出五花八门的词语
我们还有什么别的招数?
想想吧，那些我们沾惹过的词语
曾是我们的兄弟
可是，它们竟然一次次地击垮过我们
比如“光”，比如“野味”
比如“心脏”，比如“鱼血”
比如“玫瑰”和“女人”
比如“狮子”和“草地”
比如“刀”，比如“界”
比如“此岸”和“彼岸”，比如“上帝”和“猎人”
比如“怀抱”，比如“梦”
比如“黑夜”、“公鸡”、“树叶”
比如“几何”，比如“浪涛”
比如“沙子”，比如“火焰”
比如“精子”、“卵子”
比如“脸面”，比如“狗血”
比如“辣味”，比如“花枝”，比如“兔子”，比如“诗歌”
——真是太多太多了
要全部说出来
哪怕缓口气也是不能的!

大地的宝贝

猎人 C 说，做个大地的宝贝吧
哦，这不是简单的誓愿！
要敞开胸怀，迎候那些耻笑和咒骂
还要默默承受人类至少一半的羞辱和苦难
切记的是，不要嫉妒逍遥者们的生活
炫耀名声者也没什么不好
自由者和幻想者也不只是飘浮于白云之外
亲切的大地也是最使人向往的
祝福吧——
以一个猎人和一个诗人的名义祝福吧——
让每一个人的幸福泉源
洗涤
——我们全体的良知

半夜时分

半夜时分
一只秋萤造访了猎人 C
真是一只不朽的小虫，一如天幕上的一只瞳孔
在窗帘上，一次次地升起和跌落
传递一种心灵的声音
这心灵的声音，加一点神秘的篇章
汇成了一支《窗帘曲》①
《窗帘曲》里，也有人
犹如天幕上的一只瞳孔，也在一种天赐的节奏里
不断地
——升起和跌落

① 作者写的《萤魂》系列长诗第五部，题为《窗帘曲》。作者似在以这样的方式，寻求一种与以往诗情的链接。

不问山高水长，只听夜之声

猎人 C 的号角
吹向了夜之声——

黑夜有多少秘密
——百虫们就有多少天真
黑夜有多少幽会
——石头上就有多少色诱和吻印
黑夜有多少幻灭的灯火
——星星就会眨巴多少下眼睛
黑夜借着上帝之手
抛出了一个个玉质的绣球
狗尾巴草们不惜荒废了青春
猎人 C 说：“不问山高水长，只听夜之声”
这句话成了他的口头禅
他每说一次，总是
——一副沉醉的模样

隐秘世界的搬运者

“不问山高水长，只听夜之声”
一些声音在空中停滞过
一些声音跌落在草丛里
一些声音像极了自己的声音
一些声音又好像爱人的声音
一些声音突然噎住了
一些声音窃窃地进入了地心深处
一些声音喜欢上了万物的节奏
一些声音像萤光一样，弱弱地闪烁
哦，黑夜之魔
早已预设了世界反面的用语
那些风，那些卑微的生物随时待命
它们很有耐力地
成为一个个隐秘世界的
——搬运者

他也干起了用声音织网的营生

“不问山高水长，只听夜之声”
灵魂们的第一个突袭行动，就是闯进了夜之声
用声音织网，也用声音破网
灵魂们穿的，是蚱蜢一样翠绿的衣裳
灵魂们吃的，是茫茫四野的一种风餐
所有的味觉里，都夹杂着一些不知名号的恐吓和伎俩
突然，一声尖细的叫喊
让猎人 C 惊心一跳
——他没能跳出自己的梦幻
却不由自主地走进了灵魂的队伍
从此，他用诗行突破黑夜的锁链
用孤独写着明天的情书
从此，他和灵魂们一样
——也干起了用声音织网的营生
也开始了一种漫无边际的
——黎明前的　最为壮烈的
——破网行动

第七辑

斧子，时光里的斧子
就像一句古老的格言，从没有放弃自我闪烁
它最后的光阴
还被一截虬龙般的诗句
——点燃

女人的眼睛

猎人 C 的号角
吹向了爱情——

要爱一个女人，就要看着女人的眼睛
要看一个女人的眼睛，不是瞥一眼就走
而是凝视，去发现你的殿堂
你的殿堂没有金碧辉煌的回音壁
但殿堂不是坟墓
你不要沉默，要喊出来
憋一口气后，再喊出来
——让声音发出铁一样的光芒
你要昂立其中
不要怯场，不要献殷勤
你的蜂王时代就要到来
将有一只天工开物般的蜂巢为你旋转
你看，在爱人的眼神里
不是已经看到了惊骇和灿烂么？
天哪，装着没在意吧！
你要继续——使之惊骇和灿烂的表演
你看，你看，你再看
女人的眼睛，就是你的舞台

——瑰丽的舞台

——圣洁的舞台

——爱魂的舞台

她就像一条多余的小虫

猎人 C 卑怯的心绪从没有消散过
而且一直在抵消他的弓力
但他还是抓住了宁静的一刻
射出了他的箭
他的箭，飞行的真爱之魂
它该在什么地方落下
——仿佛是自知的
那里，确实有一个静声静气的女人守候多时
一个女人，一个不善言说的女人
美丽而优雅
两腮的酒窝并不昭示她的快乐
贫困和疾苦在折磨她
但看不出她脸上有什么痛色
时光的旅途上，她就像一条多余的小虫
从不发出自己的足音
随着一声扎地的金色声响，她并没有拾起猎人 C 的箭
也没有亲吻它
箭头上，那不时掠过的一抹冷凝的月光
恰似她，一个女人
愀然
——退场的泪光

走向山脉

猎人 C 的号角
吹向了山脉——

爱过之后
恨过之后
就该走向山脉
——就该聆听这伟大骨骸的奏鸣！
就该平心接受，那一叠一叠乌云的存在
它们横空出世，并不构成生物性的恐吓
它们
或以山岳的名义
或以浪涛的名义
——只为仿造一场绵延不绝的梦幻
那古冢里陪葬的铁器
——除了终年冒着栗色的火焰
还隐约发出苍凉的男声
那爱河，从天上落下
——已化作乳峰
乳液，哺育着山魂水魄
一切流淌的、奔涌的、变化的不是叛逆，也不是离散
是拥戴

——是这伟大骨骸的和声
顺着先祖们的背脊看过去
再看过去
一直看过去——
横空出世者早已退场　众星刚好完成膜拜
山崖们就接着眺望
一片红云里，踟蹰而行的
尽显一路
——献祭的羔羊

午夜爱人的鼾声

什么事件?
——午夜爱人的鼾声
被猎人 C 的梦幻
演绎成轰炸机的轰鸣
这轰鸣声追击着他
让他魂飞魄散，让他一息难存
天地昏暗了
山河摇撼了
唉！这也算是错觉么?
这爱人，这鼾声，这午夜之梦
——该演绎成
甘霖与土地之爱
或雨滴与阳光的亲昵
或小河的涛声
什么事件?偏偏瓦解了
——这爱的誓盟

时光里的斧子

猎人 C 的号角
吹向了斧子——

不辱使命的斧子
没有灯，就让松节油燃烧
把一切黑、一切夜
还有炉火的影子、一家人的咳嗽声
孩子的读书声
——全都烙在了墙上
烟熏火燎的日子格外疼爱斧子
斧子也成了长不大的孩子
它会到黑夜里淬火
会在一个男人的眉眼间跳上跳下
会在一个女人的叨念中磨洗于夜空
还会学着小松鼠，展现飞跃的绝技
还会化成一道春日的犁沟，噼里啪啦叫唤
斧子，时光里的斧子
就像一句古老的格言，从没有放弃自我闪烁
它最后的光阴
还被一节虬龙般的诗句
——点燃

某个寂夜

某个寂夜，他带着纯净之身
扑向一粒灯豆
扑向自己的影子
扑向母仪的大地
扑向
——青色的光芒
猎人 C 的壮举，令一片片西天的云彩
——耻于飘扬

断！断！断！

猎人 C 的号角
吹向了“断”——

断！断！断！
虹彩断了，霞彩不断
霞彩断了，野火不断
野火断了，草茎不断
草茎断了，阡陌不断
阡陌断了，山河不断
山河断了，蹄声不断
蹄声断了，碧血不断
断！断！断！
碧血断了，秋水不断
断！断！断！
秋水断了，长天不断
断！断！断！
长天断了，号角不断
断！断！断！
号角断了，爱的施救从未断
——从未断
——从未断

第八辑

猎人 C 为这个世界默念过祷词
——行将腐烂的人啊，相信世界行进的奇迹
相信花园里的落叶和你们一样众多
相信昨夜是明天的沃土
相信信仰的彼岸，那个忽闪忽闪的人形
——正在测试我们的灵魂

时光之蕊

猎人 C 的号角
吹向了时光之蕊——

这梦幻之花
是从苦难的土地里长出来的
但它并不凋落于土地
而将光艳绽放于天空
当天空飞起时，一只山鹰栖息于它
当山鹰飞起时，其影子又栖息于它
当影子飞起时，其道路又栖息于它
当道路飞起时，其沟壑又栖息于它
当沟壑飞起时，一只山鹰又回来了
它掠过一蕊
——又掠过一蕊
——再掠过一蕊
到最后还栖息于它

色彩飘向了女人的裸体

猎人 C 的号角
吹向了色彩——

色彩从森林里飘出来
验证了阳光里的木棒、石斧、刀戟、箭镞
验证了我们身体内的
燧石、青铜、陶缶、火焰和雄风
——色彩从阳光里飘出来
验证了一路的暴戾和偏执
以及接下来的孤独和黯然
——色彩从我们的身体内飘出来
验证了一粒泪光里跳荡不息的星河
验证了昨天——我们的灵魂干涸如纸的样子
——色彩飘向了女人的裸体
验证了大地的深沟
和我们心里的深沟一样
一些疼痛潜藏了
一些疼痛继续着疼痛
一些疼痛则以诗歌的名义
佯装着
——原初的美丽

梦之蝶

猎人 C 的号角
吹向了梦之蝶——

一只金色的蝶儿穿过庄周的梦境
进入了猎人 C 的梦境①
真是神秘而可爱的蝶儿！
怎能不狂想呢？
这不寻常的行踪、不寻常的显现
——证明了金色天道的存在
天道，当然不以里程计算
也不以里程碑作为标榜
天道，到底是怎样的道
是否受到长度、宽度，或者河海山川的约束
这一切，神秘而可爱的蝶儿该是知晓的
既然来到了一个人的梦里
又从一个人的梦里飞出
这就肯定了，她没有等待，没有迟疑
——也从无绕过和闯过

---

① 2009 年 3 月 5 日，作者午睡时，梦见了一只金色的蝴蝶，在似醒非醒的时刻，依稀还看到它飞行的状态。很凑巧，那一段时间，作者正在写有关庄子的文章，很自然地产生了联想。在《庄子随笔》的自序里，他对这次梦境作了记述。

若是立于河岸，也不会讨好自由鱼儿的生活
若是收服过劈头而来的闪电和雷声
——也在不经意之间
真是神秘而可爱的蝶儿
——她是径直来的
一个个非同寻常的梦境，才是一个个非同寻常的驿站
这就肯定了
——天道，该是一道祥光
这神秘而可爱的蝶儿
——绝不会错失其中①

---

① 2009年3月5日，作者在深圳的大儿子家中午睡时，梦见了一只金色的蝴蝶，在似醒非醒的时刻，依稀还看到它的飞行状态。很凑巧，那些日子，他正在写庄子的文章。在作者的《庄子随笔》一书的自序里，他对这次梦境作了生动的记述。

一只苍鹰

自从猎人 C 看到了
一位诗人的诗里有一只苍鹰①
他的错觉开始了
只要苍鹰起，必有风霜杀
只要苍鹰一栖落
他的天空就是一只画框
只要苍鹰侧目
——他也侧目
只要他一侧目
——眼下便是狡兔的世界
自此
只要天上纷纷落下的
就是毛血雨

① 指杜甫早期的一首题画诗《画鹰》。

他的猎狗一身泥渍

猎人 C 仰面朝天
直挺挺地躺在了一座小石桥上
恰如一杆天上遗弃的樯橹，享受着时间的漂流
如果他有一梦，那一定是森林不见了
——但有叶笛的回声
那一定是河流不见了
——但有波涛的舞步
那一定是天空不见了
——但有一颗蓝莹莹的星星
在古老的小巷里跳动
他的猎狗一身泥渍
卧在一侧，似乎再也没有兴趣显摆栗色的生动
它不时地起身嗅主人一下
再嗅一下，又嗅一下
然后哼哼几声、唧唧几声
又重新卧在一侧
它仿佛深知——
猎杀、信念、里程碑、驰骋的方向
以及家的定义

东方巨子刚刚醒来

猎人 C 的号角
吹向了日出——

东方巨子刚刚醒来
他的面容，有着令人惊羡的清艳和苍莽
不算是笑脸，但一定流露出人间的温情
更不是那种侮慢的面孔
浩瀚的情怀在天宇间荡漾开来
他的和善，似乎融合了某个良好的年代
他熟知，并欣赏着一个桃花源式的村庄
他熟知，并欣赏着村里的每一头牛的铃声
每一条狗的叫声
他首先伸手抚摸的
是一个身体瘦弱、皮肤白净的小男孩
因为小男孩天生有一双好奇的目光
每天，小男孩总是第一个仰望他
——长时间地仰望他
他抚摸他，将奇妙的光线一缕一缕地传导于他
他抚摸他，从此
小男孩的生命里也有了光芒的成分
他相信，一切梦幻的生命，一切青春的向往

都与他的暗念同在
他还相信，眼下的小男孩
五十年后，一定会写诗纪念他
一定会在诗里这样写道——
我们的家乡，那个东山口的日出
才是这个世界上最富有元始气象的日出
也是最像我们伟大父亲的
日出

信仰的彼岸

猎人 C 为这个世界默念过祷词
——行将腐烂的人啊，相信世界行进的奇迹
相信花园里的落叶和你们一样众多
相信昨夜是明天的沃土
相信信仰的彼岸，那个忽闪忽闪的人形
——正在测试我们的灵魂

你占领天空的方式很特别

下面这首诗，不知猎人 C 为谁而写，
抄录于此，存疑吧——

不知哪儿来的功力
你自然而然地占领了天空
你占领天空的方式很特别
比如一朵灰色的云
——那云的边缘上的一片晚霞
比如黑夜里绵延的山影
——那山影上的一粒星
比如一弯静月的勾
——那勾的妩媚
比如苍穹的蓝
——那蓝的呼吸
比如一排人字翅翼的坠亡
——那坠亡的回声
比如你蜗居的小楼
那也是昨日
——飞翔的空

第九辑

她是一个精灵
一个台柱子
她是天空的孩子
她，只有炫舞、炫舞　无休止地炫舞
这光芒四溢的舞台
——才不会塌陷

皂角树上的月亮

猎人 C 的号角
吹向了村头的皂角树——

昨夜秋风，皂角树上的月亮落了下来
一半淡绿、一半灰黑的月亮
折断了翅翼的月亮
躺在地上呻吟的月亮
在母亲的怀里撒娇的月亮
——撒娇的月亮游弋在后山的池塘里
池塘里泛起静静的白光
母亲啊，怎么也看不清一眼自己的容颜
她回到了皂角树下
又一次看到了漫天枝叶间
——荡起秋千的月亮

魂不守舍的天空

苍穹里，一次次云雀的鸣叫
还有，悠远的太阳和喜鹊之恋
不朽之爱，是村头皂角树生长的力量
这回，猎人 C 真的领教了
单单靠他一个人的力量，还不足以
摁住皂角树下那只白虎①
一种人类的声音在每一屋檐下缭绕
——皂角树应声倒下
魂不守舍的天空，只有默默忍受的份儿
魂不守舍的天空，定然也守不住自家的孩子
一片片羽毛好轻！
好轻！
皂角树下那只白虎
到底
——也没能跳起

---

① 中国神话里有四方神灵之说，即青龙、白虎、朱雀、玄武，分别代表东、西、南、北四个方向。在乡村风水学里，有左青龙、右白虎的说法。左代表东方，右代表西方。诗里的“白虎”暗示了皂角树在村子的西边。

怎么也烂不掉的根脉

猎人C断定
泣血的凤凰曾经来过皂角树栖息
你们不信么？那就让老水牛的尾巴
——扫下神龛上的灰烬给你们看
那就让亿万只凤爪
——堆积成刺扰的景观给你们看
那就让先祖们聚集到皂角树下
——猛烈地擂响六月的秧鼓给你们看
那就让一位瞎子老人摸索着
在一堆堆腐叶里
抽出一截截怎么也烂不掉的根脉
——给你们看

她是天空的孩子

猎人 C 的号角
吹向了塔尖——

塔尖有一个炫舞的孩子
孩子不是欢乐的
而是带着某种罪孽的炫舞
太阳依然壮丽
云彩依然调情
音乐的波流依然荡彻心扉
一切地下的止水和幻想
依然扶摇而上
孩子，把整个宇宙带进了自己幼小的身体内
——她是在自己幼小的身体内炫舞
她是一个精灵
一个台柱子
她是天空的孩子
她，只有炫舞、炫舞　无休止地炫舞
这光芒四溢的舞台
——才不会塌陷

一些无名的飞蛾

一些无名的飞蛾
在猎人C的头顶——上下翻飞
它们太渺小了，却技艺惊人
天空的屏障万千重，从来也阻截不了它们
巨大的落叶也不能击伤它们
水底天上的一团红红的人间烟火
也诱惑不了它们
它们上下翻飞
像一粒粒上帝抛出的小丸子
又像是时间老人心跳复苏的使者
它们上下翻飞
——它们的胳膊肘会不会相互碰过
又会不会亲切地呼叫各自的乳名
它们有爱吗？会不会秋波浩荡
在它们的前方，一件青铜器正向天边掉落
这今古奇观哪怕上演一千次、一万次
一点也不能引发它们的叹息和不安
它们上下翻飞
——它们
全都是不归家的孩子

第二颗心灵

“眼睛是心灵的窗户”
——这真是智慧的发现
可是，我们有两只眼睛
却只有一颗心灵
一颗心灵一个窗户
还缺一个心灵却不自知
一颗没有势利、没有诋毁、没有恶俗
没有中伤、没有欺罔、没有骄狂
像太阳一样分享万物的心灵
到哪儿去了呢？
像太阳一样分享万物的心灵
会不会在某个地方藏着
（它会不会受到惊吓，会不会在夜里守候
还会不会就在一种靠自然伟力推动的天磨上旋转呢？）
猎人 C 不甘心地想着
每一个人都该拥有第二颗心灵
一旦太阳掉落了下去，第二颗心灵就会跃然升起
即使窗户关闭了
即使日出时分，升起了凝重的云朵
第二颗心灵里，依然和风习习
依然有亲爱的小竹马
——含梅归来

简单的月亮[1]

遥远的月夜，传来了
猎人 C 的歌声——

月亮啊，简单的月亮
月亮啊，一只温顺而坚韧的羔羊
你领着我走，我跟着你走
向着马群，向着敦煌，向着天海之蓝
向着似是而非的图腾
一直抵达你的星夜小木房
——月亮啊，简单的月亮
当我的天空尽失的时候，你成为我的天空
当我的太阳尽失的时候，你成为我的太阳
当我的东方和西方尽失的时候
一道七月清流自天而下
时而东，时而西
——有些疲惫
——有些惊惶

① 作者几年前写的一首《简单的月亮》，发在网络，此次将其修改，移植于此。这首诗适度顾及了韵脚，很像歌咏之词。

第十辑

最伟大诗歌的残壁断墙上
至少可以看到——
一位哲学家的影像

猎人 C 现身了

在一片凛然的秋色里
猎人 C 现身了，他现身于短暂的凛然
现身于凛然的不自量力
现身于不自量力地去打乱落叶的节奏
——现身于节奏的溃败
——现身于溃败后的
喊天一哭

栈 道

猎人 C 说，栈道
不知迎接过多少游子
不过，有多少游子
就有多少已经远去了
留下的，是一片残损的鹰翅
它还有很强盛的余力
你一旦走上去，不由分说
第一时间，便将你迅疾地抛向空中
第一时间，你就有了新的身份
就成了不可一世的祭品
你就会看见，头顶上的河山
立满了鹰的幽灵
脚下的天空，失散的马群正在会聚
——嘶鸣一声接着一声
猎人 C 说，一个人在空中翻转得太久了
大地的感觉就会失去
但栈道上的栗色，是唯一的路标
你可以在栗色上降落　也可以与栗色为伍
成为一名栗色的战士
当然，一旦走到栈道的尽头
迎接你的不再是栗色的阵地

而是一面不甘散去的

——楚歌

红叶们开始了大逃亡

猎人 C 的号角
吹向了红叶——

秋风啊，秋风肃杀
——红叶们开始了大逃亡
红叶们从太阳的翅膀上落了下来
秋风啊，秋风肃杀
——红叶们魂不附体了
一枚红叶逃进了凄冷的古道
一枚红叶逃进了灰绿的牙床
一枚红叶逃进了自己的尸骨
秋风啊，秋风肃杀
——古道上，再也拾不到苹果红的琴音
灰绿的牙床成了出卖者的天堂
只有自己的尸骨，还在悲壮地
——唱一支思乡的歌
秋风啊
秋风肃杀

面向哲学

面对阶级、宗教和哲学的立场
猎人 C 选择了哲学
他说，面向哲学
就是面向古往今来的美好事物
就是面向生命的奥秘
所有绿宝石一般智慧的语言
——都是天道的馈赠
猎人 C 还说，最伟大诗歌的残壁断墙上
至少可以看到——
一位哲学家的影像

两把剑

当一把剑
向另一把剑走去时
我们分不清哪一把是小人之剑
哪一把是英雄之剑
当两把剑都受到了太阳光辉的亲吻时
我们还是分不清哪一把是小人之剑
哪一把是英雄之剑
当两把剑紧紧地相拥在一起时
我们仍然分不清哪一把是小人之剑
哪一把是英雄之剑
当一把剑突然偷袭了另一把剑时
有一把剑，一定触及了另一把剑的心跳和温度
可鄙而粗心的人类啊——
在最最紧要的时刻，却忘记了
要去分辨哪一把是小人之剑，哪一把是英雄之剑
我们啊——
什么也不去观赏
偏偏只顾着观赏——
那一地玫瑰红的
——燃烧

第十一辑

麦地！麦地！
恨也不够，爱也不够的麦地
麦地！麦地！
天行者们伴着你凛然的心跳
——接踵而至

牧羊人和他的节杖[①]

猎人 C 的号角
吹向了牧羊人和他的节杖——

夕照里的牧羊人仍在眺望
仍在眺望那个云朵燃烧的地方
仍在眺望那个节杖生根的地方
有的人就是想不到，让一个男人放牧一群公羊
就像放牧一群涌动不息的太阳
有的人就是想不到，公羊不能生出小羊
——雄性却能生出雄性
有的人就是想不到，牧羊人的信念恰好就是雄性的
——那个节杖恰好就是雄性的
那一群涌动不息的太阳
——也恰好就是雄性的

① 这里采用了苏武的故事。苏武（公元前 140—前 60 年），字子卿。西汉大臣，武帝时为郎。天汉元年（前 100 年）奉命以中郎将持节出使匈奴，被扣留。苏武历尽艰辛，留居匈奴十九年持节不屈。至始元六年（前 81 年），方获释回汉。苏武去世后，汉宣帝将其列为麒麟阁十一功臣之一，彰显其节操。

我们走着

我们走着
一条逼仄的巷道成了我们唯一的通道
偶尔，我们依靠目光、想象、箭头和弹洞
一次又一次穿越了鹰的领空
但无论如何，身体和步履不能抵达
时光机之轰隆隆的切割声令人惊悸
我们的生命体被有限地切割在
——一个又一个的小方格子里
所不同的是，猎人 C 还能挣扎几下
还能稍为探出头来
用他的箭矢
装点一下呼吸之外的
——小花和云朵

一棵树担当了猎人 C 的导师

猎人 C 的号角
吹向了一棵树——

这是晨曦里的一棵树
这是从容而优雅的一棵树
一棵树担当了猎人 C 的导师
它坚劲，而隐忍的性格袒露无遗
不问天上是落下云朵，还是落下镣铐
把头抬起来，再抬起来
——一直抬到高过云翳
一直抬到逃出星宿的围剿
世人看到它，都会感慨
做一棵光天化日树
比做一个光天化日人难上加难
与一棵树相视而立，猎人 C 一句话也说不出
但他的心里早已拥有了万物的脉动
而他的树呢，对天上的事情
依然没有多大的兴趣
依然，向着自己的弟子
——滔滔不绝

谁在骂你，沼泽地？

荡妇！
——谁在骂你？沼泽地
猎人 C 在护着你
殊不知，骂你的和护着你的都是同样的理由
一滴月亮的精血让你意外受孕
肚子里飞出来了十只白鹭
荡妇！荡妇！
——又是谁在骂你？沼泽地
猎人 C 还在护着你
殊不知，骂你的和护着你的还是同样的理由
那么多疯狂的苇小子被你占有
那么多阳性的噪音被你占有
十只白鹭生养出一千只白鹭也被你占有
荡妇！荡妇！荡妇！
——谁还在骂你？
而且如此地没有收敛
沼泽地！
沼泽地！
猎人 C 还在护着你
——屈辱的沼泽地
——光荣的沼泽地

两只栗色的蝴蝶

猎人 C 瞧着好久了——
森林里的一群老妇人，非要
和那水底天上的两只栗色的蝴蝶比着起舞
她们呼啦啦地、呼啦啦地喘气
火红的翅膀发出自信的声响
猎人 C 不禁嫉妒，只有太阳的宠儿
才有她们这般神气活现
然而，水底天上那两只栗色的蝴蝶
像两个天真的小女孩
踩着涟漪的节奏，以其轻盈而平和的舞姿
无视森林的存在
无视一切巍峨、一切炫耀的存在
无视
——自己的存在

麦地！麦地！

猎人 C 的号角
吹向了麦地——

凭着一位伟大父亲的铁剑
麦地里的孩子们得以住到光芒之上
得以像舞起彩虹一样舞起锁链
得以一边吟诵崇高的诗篇
一边鞭打阳光下的小人
可是，一位伟大的父亲
却在麦地的皱褶里又饥又寒，遭受白眼，遭受飞唾
还发着高烧，奄奄一息
——最后死去
伟大者死去了，并没有带走铁剑
铁剑还代替他活着
还代替他发出光，发出声音
还代替他，立在麦地的中心
铁剑，还在麦地里画出他的肖像
麦地！麦地！
恨也不够，爱也不够的麦地
麦地！麦地！
天行者们伴着你凛然的心跳
——接踵而至

石头记

面向群山
苍老的猎人 C 哼唱起了
自编的《石头记》——

大地赋我以形
——得先赋石头以形
大地赋我以生命
——得先赋石头以生命
大地赋我千年觉醒
——石头却与我共眠
大地温文尔雅
——石头却落进了黑夜的枯井
大地孕育了疯狂的石头
石头孕育了寂寥的青春
大地常在
石头常在
青春常在
——寂寥常在

为何歌

唱完了《石头记》
猎人 C 又没完没了地唱起了《为何歌》

为何，忧郁的窗口会燃起天火
为何，疼痛的孩子可以嬉戏于璀璨的星河
为何，可怜的月儿
——要逃进孤单的云朵
为何，亲密的爱人举起了暗夜的灯盏
——要去点亮卑微者的屋舍
为何，又为何
——母亲走了
一弯银簪还别挂在故乡的山野
为何，又为何
——父亲的最后三声心跳
像千年不息的鼓点
敲碎了太阳下的生活
为何
又为何

第十二辑

你们啊，最崇高的选择
不是与时光较量
只能像日月一样恩爱
只能赶紧整理好自己的诗笺

脚印们从不是失忆的弃儿

这一回，猎人 C 的号角
——吹向了脚印

脚印们从不是失忆的弃儿
也从未离开过大地的纬线
它们精神充盈，永不放弃露珠和彩虹的领地
它们发出光芒，又吞噬光芒
崇尚前行，却总是怀想那些已面如死灰的道路
活着，只因信念活着
活着，只因是装扮成了葡萄王国的臣民
活着，只因没有道路的地方才需要脚印
只因乘坐的小船一次又一次颠覆过——
只因唯一的，来自原始的祝福
只因，一个又一个渺小得不能再渺小的
——新的纪年
犹如一轮又一轮古老的旭日
——不断跃出海面

暮色苍茫

猎人 C 用了一种神圣的口吻说
——你们，衰败的身体在诗的节奏里
活力依然
请打住，你们颓废的情歌
极乐的黄月亮像一只顽皮的小鹿
尽兴蹦跶
天真的孩子，向来与诗情同在
还犹疑什么，大胆地说出你们的譬喻、象征和夜话
大胆地抛出你们的媚眼
伟大的爱，照亮昨夜的梦幻
老了，就是老了
——却不言一个老字
不发出一声叹息
时光大人让你们老，他不老
——你们也不老
把一瓣天国的雪花，当作青春的笑靥是睿智的
千尺枯槁又能怎样，最后一枚青叶子尤显珍贵
你们啊，最崇高的选择
不是与时光较量
只能像日月一样恩爱
只能赶紧整理好自己的诗笺

暮色苍茫
——恩爱是壮美的
——诗笺是壮美的

不要疏远猎枪

猎人 C 告诫我们
不要疏远猎枪，总有一天
——它不再是猎枪
不要疏远陷阱，总有一天
——它不再是陷阱
不要疏远走过的小径
——总有一天它不再是小径
不要疏远抚慰过我们的红月亮
——总有一天它不再是红月亮
也不要疏远，藤蔓上那颗酸酸的葡萄
不用一个昼夜
它就悄然偷换了我们的味觉
猎人 C 说，千万不要怨恨这一切的改变
要怨恨也只能怨恨
万千物种的声音
多么像
——我们心灵的声音

伟大的道路是流淌的

猎人 C 说，人类留在森林里的道路
不过是道路的面具
一切覆盖和背离的游戏
丝毫不会损害道路的本质和真相
伟大的道路是流淌的、闪烁的、昂然的、生机的
是用雷电的节奏和汁液的旋律谱写的
侧耳细听，传来了大地的回声
打开所有道路的横切面，正好看见太阳的金铲子
留下的一铲子一铲子的金色印记
年轮里，铺开了壮丽的图案
一旦真诚地爱上了它们
它们就会显露率真的情态
我们的血脉与万物的茎脉是相通的
我们一路走来
也是气象万千
也是伴着大音的节律
——虽有桃蕊的飘落
却有
——手杖的化生

小木屋的门上钉着一张麅子皮

猎人 C 还记得清楚，一只麅子
在西边山脊上一路奔跑的样子
不到一袋烟工夫
它的一只前腿就踏进了他埋下的圈套
山坳里传来了婴孩一样尖利的叫声
不错，是一只母麅子
他用很娴熟的刀法，剥下了麅子皮
然后，像展开一幅血色地图
将它钉在了小木屋的门上
不知是一个习惯，还是内心起了波澜
——他看着麅子皮好一阵子
半个月后的一个早晨，他背着一张风干的麅子皮
像一个轱辘——沿着村前的青石路
一寸
一寸
——往下沉落
傍晚时分，又见他背着一袋子口粮
还像一个轱辘，沿着青石路
一寸
一寸
——升起来

大山与小山

日落时分，一座小山的影子
投在了一座大山的怀里
日出时分，一座大山的影子
覆盖在一座小山的身上
它们像一对父子，彼此
不失时机地照应着
——不失时机，正是它们信奉的哲学
——彼此照应，正是爱的使命
在宇宙的宗系里，或可找到它们的血缘和辈分
但在猎人 C 的诗意里
它们一同伫立在远古
也不期
——相会在今世

狗是土心

猎人 C 从没有专门
为他的猎狗吹过一次号角
或只是一种疏忽
不过，他的猎狗总在号角中眺望、驰骋、追杀
哪怕累了、睡了
主人的号角都是享受的
都是激励的
按说，它会有最好的结局
——终老至死
再不好的结局，就像落叶忘了丛林
涛声忘了堤岸
它啊，可以忘了猎人 C 的号角
——不知所踪
遗憾的是，猎人 C 亲手杀了它
一把亮闪闪的七寸刃刺进了它的脖子
脖子被割到二分之一处了
它不抗拒，也不倒下
甚至没呼叫过一声
也没看一眼那一摊已归于土地的血
猎人 C 的双手瘫软了
猎狗哼唧了几声，无力地摇了一下尾巴

便蜷缩在墙角下的土篼里① 那是它
平日睡觉的一个残破的土篼
一说，狗是土心
只要身体贴着土，狗就不会死
那是不是说，一个残破的土篼
——就算一个“土”啊！
其实，它、猎人 C
就算再有一场伟大的栗色之梦
那个所谓狗的土心
也不过是
这个小山村——沉沉夜色中的
——缥缈一物了

① 土篼，作者家乡的方言，竹篾织的土箕，湖南等地叫箢箕。

图书在版编目（C I P）数据

狩猎者 / 陶发美著. -- 武汉：长江文艺出版社,
2018.3
ISBN 978-7-5702-0076-4

Ⅰ. ①狩… Ⅱ. ①陶… Ⅲ. ①诗集－中国－当代
Ⅳ. ①I227

中国版本图书馆 CIP 数据核字（2017）第 300077 号

责任编辑：谈 骁　　　　责任校对：陈 琪
封面设计：川 上　　　　责任印制：邱 莉 王光兴

出版：长江出版传媒 长江文艺出版社
地址：武汉市雄楚大街 268 号　　邮编：430070
发行：长江文艺出版社
电话：027—87679360
http://www.cjlap.com
印刷：武汉市福成启铭彩色包装印刷有限公司

开本：880 毫米×1230 毫米　1/32　印张：4.5
版次：2018 年 3 月第 1 版　　2018 年 3 月第 1 次印刷
行数：2520 行

定价：28.00 元